Monsieur Ilétaitunefois

Texte de Rémy Simard
Illustrations de Pierre Pratt

Annick

Il était une fois,

dans un village éloigné de tout, des villageois qui
n'avaient qu'une seule chose à faire :
se raconter des histoires.

Il était une fois par-ci.

Il était une fois par-là.

Il n'y avait pas de télé au village, que des orages
à tout casser et des histoires à raconter. Des belles
histoires, des courtes et des longues, des histoires
à dormir debout et des histoires drôles
à en faire pipi dans sa culotte.

Mais, un jour,

tout cela changea. Car voilà que sous
une pluie diluvienne, un tout petit
monsieur portant un drôle
de chapeau arriva au village dans
un camion rouge.

D'abord, personne n'y fit attention.
Le soir venu, ce fut une toute autre
histoire...

Bien protégée

de l'orage dans sa maison
aux mille paratonnerres,
madame Sloche s'installa
confortablement avec ses enfants
pour leur raconter une histoire.
Elle n'eut pas aussitôt dit
«Il était une fois» que quelqu'un
vint frapper à la porte.

Toc! Toc! Toc!

–Mais qui peut bien être dehors
à l'heure de l'histoire et sous cette pluie ?
se demanda-t-elle.

Elle ouvrit la porte et vit le drôle de petit
monsieur tout humide.

–Bonjour madame, vous m'avez appelé ?

–Non monsieur, je n'ai appelé personne, dit-elle,
un peu surprise.

–Vous avez bien dit «Ilétaitunefois», lui répondit il.
Vous m'avez donc appelé. Je suis
Monsieur Ilétaitunefois, pour vous servir.

–Ha! Ha! Ha! Vous êtes un petit rigolo,
cher monsieur. Revenez à la fin de l'histoire parce
que là, franchement, vous nous dérangez.

Vlan!

Elle lui ferma la porte au nez.
Puis elle retourna à son histoire.

– Il était une fois...

Toc! Toc! Toc! fit le petit monsieur
en frappant à la fenêtre.

– Vous m'avez appelé? insista-t-il.
Monsieur Ilétaitunefois,
pour vous servir.

Mme Sloche tira le rideau de
la fenêtre, laissant le petit monsieur
sous la pluie, et recommença
son histoire.

-Il était une fois...

Dring, dring! fit alors le téléphone.
Mme Sloche répondit.

-Oui allô!

-Bonjour madame, vous m'avez appelé?
Je suis Monsieur Ilétaitunefois, pour vous servir,
bien que je sois complètement mouillé.

Madame Sloche ne le trouva plus très drôle.
Plus drôle du tout. Fâchée, elle lui raccrocha
au nez. Clac! Puis, elle recommença
une fois de plus son histoire.

-Il était une fois...

Spliche bang boum! fit le petit monsieur en
dégringolant dans la cheminée.

-Bonjour, vous m'avez appelé?
Monsieur Ilétaitunefois, pour vous servir.

Mme Sloche l'attrapa

par le fond de la culotte et le sortit de la maison.

Le mauvais temps persistait, mais il n'y avait plus
moyen de raconter la moindre histoire sans que
Monsieur Ilétaitunefois n'apparaisse. Quand
ce n'était pas par la porte, il arrivait par le trou de
la serrure ou par le robinet de la cuisine et même
par courrier recommandé ou par télécopieur.
Pas moyen d'y échapper.

Il entendait son nom à des kilomètres même s'il
était sourd comme un pot. Un minuscule appareil
caché dans son oreille lui permettait de tout
entendre. Le médecin qui le lui avait installé,
étant lui-même complètement sourd, en avait réglé
le volume au maximum.

Au village, la grogne

se fit sentir. Il fallait empêcher
ce monsieur de venir constamment
les déranger au moment de l'histoire.
La police décida donc de prendre
les grands moyens. De gros agents
aux petites moustaches s'installèrent
dans la cellule la plus sombre et
humide de la prison. Ils prirent
un gros livre assez tristounet, puis en
commencèrent la lecture.

– Il était une fois...

– Bonjour, dit le petit monsieur,
apparaissant à l'instant. Vous m'avez
appelé? Monsieur Ilétaitunefois,
pour vous servir...

Vlan! fit la porte de la cellule. Clonk!
fit le gros cadenas. Le petit monsieur
fut fait prisonnier.

Les villageois purent

recommencer à raconter des histoires drôles.
Puis ils racontèrent des histoires un peu moins
drôles, pour ensuite raconter des histoires tristes.
Tristes comme la pluie.
Le cœur des conteurs n'y était plus.
À chaque histoire que les villageois entamaient,
ils se mettaient à penser à ce pauvre
petit monsieur seul dans sa cellule
toute noire.

C'est alors que

le maire du village convoqua
ses citoyens. Il leur dit :
- Très chers électeurs, on n'arrête
pas quelqu'un parce qu'il a
un drôle de nom.

- Nous sommes bien d'accord,
rétorqua un citoyen au long nez,
mais comment faire pour qu'il
ne vienne pas toujours nous
déranger au début de chaque
histoire?

Le plus petit du village eut alors
une idée.

- Monsieur Ilétaitunefois n'a qu'à
changer son nom.

Le maire, ravi,

donna un nouveau nom à Monsieur Ilétaitunefois,
puis le sortit de prison.

Depuis, le village, tout content et toujours
sous la pluie, raconte de nouveau ses belles
histoires qui commencent toutes par :
« Il était une fois... »

Fin...

Toc! Toc! Toc! fait le drôle de petit monsieur
en frappant à la porte.

– Vous m'avez appelé ?
Je suis Monsieur Fin, pour vous servir…

© 1998 Rémy Simard (pour le texte)
© 1998 Pierre Pratt (pour les illustrations)
Conception graphique : Jeffrey Rosenberg

Annick Press Ltd

Annick Press tient à remercier le Conseil des Arts du Canada et le Conseil des Arts de l'Ontario pour leur aide.

Données de catalogage avant publication
Simard, Rémy
    Monsieur Ilétaitunefois

ISBN 1-55037-545-8 (bound) ISBN 1-55037-544-X (pbk.)

I. Pratt, Pierre. II. Titre.

PS8587.I3065M66 1998 jC843'.54 C98-930347-0
PZ23.S55Mo 1998

Les illustrations de ce livre ont été réalisées à l'encre.
Composition en Fashion Compressed 20 et 33 point.

Distribution au Québec :
Diffusion Dimedia Inc.
539, boul. Lebeau
Ville St-Laurent, Qc
H4N 1S2

Distribution au Canada hors Québec :
Firefly Books Ltd.
3680 Victoria Park Avenue
Willowdale, ON
M2H 3K1

Distribution aux États-Unis :
Firefly Books (U.S.) Inc.
P.O. Box 1338
Ellicott Station
Buffalo, New York 14205

Imprimé au Canada par
Friesens, Altona, Manitoba